Quel déménagement!

Robert Munsch

Illustrations de
Michael Martchenko

Texte français de
Christiane Duchesne

SCHOLASTIC

Les illustrations de ce livre ont été réalisées
à l'aquarelle sur du carton à dessin Crescent.

Le texte a été composé avec la police de caractères
Charter Roman 19 points.

Catalogage avant publication de Bibliothèque et Archives Canada

Munsch, Robert N., 1945-
[Moving day! Français]
Quel déménagement! / Robert Munsch ; illustrations de Michael
Martchenko ; texte français de Christiane Duchesne.

Traduction de: Moving day!
ISBN 978-1-4431-6400-9 (couverture souple)

I. Duchesne, Christiane, 1949-, traducteur II. Martchenko, Michael,
illustrateur III. Titre. IV. Titre: Moving day! Français

PS8576.U575M6814 2018   jC813'.54   C2018-902139-X

Édition publiée par les Éditions Scholastic, 604, rue King Ouest, Toronto
(Ontario) M5V 1E1 Canada.

5 4 3 2 1   Imprimé au Canada 119   18 19 20 21 22

À Danielle Vroom,
de Montréal, au Québec.
— R.M.

Pour Mindy, le meilleur petit
chien au monde.
— M.M.

Le jour du déménagement,
les parents de Danielle courent
dans tous les sens et rangent
des tas d'objets dans des boîtes.

— Le camion s'en vient! Le
camion s'en vient! crie le papa.

— Dans les boîtes! Dans les
boîtes! On met tout dans les boîtes!
crie la maman.

Debout au milieu du salon, Danielle se demande ce qu'elle pourrait bien faire.

— Ne reste pas plantée là, Danielle, dit sa maman. Fais quelque chose. Remplis une boîte. Prends soin des petits. Occupe-toi de ta petite sœur.

— D'accord, dit Danielle.

Julianne joue dans sa chambre. Danielle l'attrape. Elle la met dans une boîte avec des oreillers et ferme bien le tout avec du ruban adhésif.

Sa maman passe par là.

— Danielle, t'es-tu occupée
de ta petite sœur? demande-t-elle.

— Absolument! répond Danielle.

— Bien. Alors, fais autre chose.
Occupe-toi de ton petit frère.

— D'accord, dit Danielle.

Elle va trouver son frère
et lui demande :
— Comment vas-tu, Christophe?
— Très bien, répond-il.
— Parfait! dit Danielle.
Elle l'attrape et le met dans une
autre boîte avec quelques couvertures.
Elle l'entoure de serviettes et ferme
bien le tout avec du ruban adhésif.

Sa maman s'approche.

— Oh! Danielle, tu es si sage et si gentille! T'es-tu bien occupée de Julianne et de Christophe?

— Oui! Je m'en suis bien occupée.

— Super, fait sa maman. Va emballer quelque chose d'autre, alors. Va aider Laurie.

Danielle va dans la chambre de sa sœur. Laurie remplit une grosse boîte de peluches. Danielle pousse sa sœur dans la boîte. Puis elle bourre la boîte de jouets et ferme bien le tout avec du ruban adhésif.

Ensuite, elle va voir sa maman.

— J'ai terminé. Qu'est-ce que je peux faire maintenant?

— Va aider Ryan.

15

Danielle va rejoindre Ryan.
Il tourne en rond au milieu de
sa chambre en chantant.

— Ça, c'est utile! se moque
Danielle.

Elle pousse Ryan dans une boîte
remplie de chandails. Ryan dit
toutes sortes d'horribles choses,
mais Danielle ne dit rien.

17

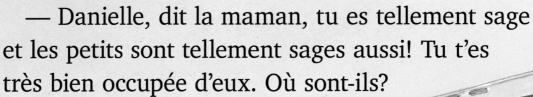

Le camion arrive enfin et les déménageurs chargent les boîtes.

— Danielle, dit la maman, tu es tellement sage et les petits sont tellement sages aussi! Tu t'es très bien occupée d'eux. Où sont-ils?

— Dans les boîtes, répond Danielle. Je les ai tous emballés et j'ai tout bien fermé avec du ruban adhésif.

— OH NON! s'écrie la maman. Arrêtez! Il faut les sortir de là!

— Minute! dit le papa. Le camion est là, on ne peut pas arrêter. On les récupérera là-bas.

Ils sautent dans la voiture et suivent
le camion jusqu'à la nouvelle maison.

Ils sortent toutes les boîtes et les empilent.

Le papa et la maman examinent les boîtes.

— Alors, où sont les petits? demandent-ils.

— Vous n'avez qu'à écouter, répond Danielle.

Elle colle l'oreille contre une boîte. Elle entend «la-la, la-la, la-la».

— C'est Julianne qui est là-dedans. Elle chante.

La maman ouvre la boîte et trouve Julianne en pleine forme.

Danielle colle l'oreille contre une autre boîte.

Elle entend «poum-poum, poum-poum, poum-poum».

— Oh... ce doit être Christophe. Il donne des coups.

Le papa ouvre la boîte et trouve Christophe en pleine forme.

Danielle colle l'oreille contre une autre boîte.

Elle entend « ZZZZ, ZZZZ, ZZZZ, ZZZZ ».

— C'est Laurie. Elle dort, dit-elle.

La maman ouvre la boîte et trouve Laurie en pleine forme.

Danielle colle l'oreille contre une autre boîte.

Elle entend quelqu'un crier « JE VAIS T'AVOIR! TU VAS ME PAYER ÇA! ».

— C'est Ryan, dit Danielle. Je pense qu'il est fâché…

Le papa ouvre la boîte et trouve Ryan en pleine forme.

27

Finalement, les parents ont
beaucoup de temps pour tout déballer,
car pendant trois jours, les petits
pourchassent Danielle pour essayer de
la mettre, ELLE, dans une boîte!

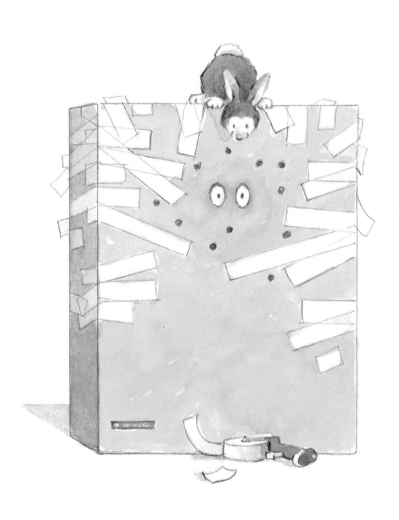